U0026302

跟著來貘

one more , two more：

一事無成宣導手冊

Cherng（馬來貘）**& 擁有本書的你——— 著**

閱讀必有風險之讀前說明書

　　首先感謝你看了這本書,甚至還看了這段前言.不管你是買的借的試閱的或是偷看隔壁乘客的我都心存感激(但世間上是何許人會在捷運上看這本荒唐的書呢?)

　　靠上本書已經是兩年前的事情了(如今前兩本已在市面上銷聲匿跡了,不如讓它隨風去吧)此本書的企畫我覺得相當嶄新.出版社整個讓我放肆地去玩。也因為這樣,裡面會看到許多跳脫常人思考的內容。大改以往圖呈現試,變成互動為主的一本書。假若我出了圖文書,我一定也是畫粉絲團上的舊圖來混款,那還不如直接上網看就好而且還補錢(觀念偏差的插畫家)

會誕生這本書，真實是希望你跟我的互動不只是按讚或留言！但也跟各位先打預防針，請別奢望在這本書可以獲得些有用的知識，這本書貴在於你的付出而不是你的獲得，要有你的付出，這本書才有它存在的意義呀！若你真的很不想付出，就把它當成一本筆記本吧！說不定會是最大的收穫呢！我想出版界若是有金酸莓獎，這本應該會入圍（甚至得獎）吧！

總之請好好跟著來驅動一動！

2015.

CONTENTS

CONTENTS

CONTENTS

CONTENTS

跟著來貘
一走之廢

有人說,馬來貘
會吃人的惡夢

啊～

NO!～

啊啊啊!!!　不！

不要啊～

不啊！

請將右頁沿虛線剪下
．並且放在枕頭下

最後什麼事也不會發生

【生活廢偏方】惡夢總纏身

天哪⋯極度想睡⋯⋯

【生活廢偏方】愛睏沒得躺

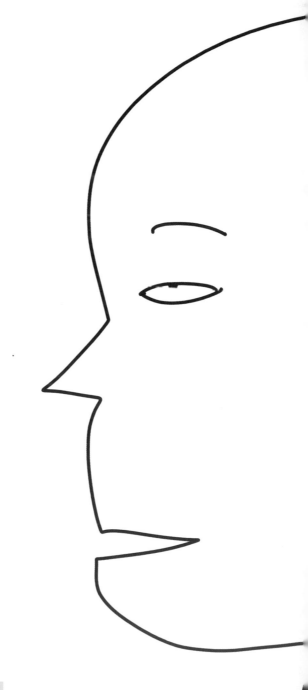

趴在這上面睡30分

【生活廢偏方】愛睏沒得躺

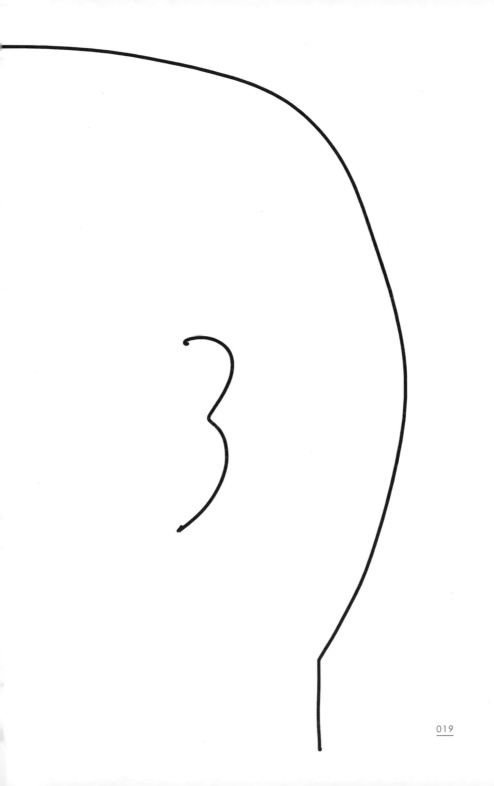

我是大家眼中的氧氣美女。

但一直有個問題困擾著我：舌苔異常地厚。
身為氧氣美女，怎麼可以有舌苔呢？

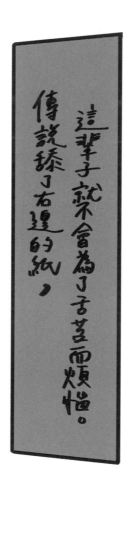

傳說舔了右邊的紙，
這輩子就不會為了孑孓而煩惱。

【生活廢偏方】人正舌苔厚

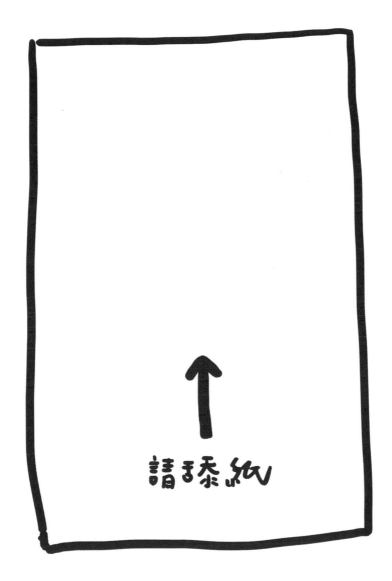

↑

請舔紙

這頁噴上你喜歡之
的香れ、

這樣整本書就會有你喜歡的味道，
你會更喜歡它。

【生活廢偏方】拉屎紙斷貨

請撕——

帶衛生紙，不要客氣

如果哪天發現忘記

來襲……
　怎麼辦……

【生活廢偏方】東西愛亂買

快貼滿紙膠帶！

出國找不到好看的明信片，把這頁剪下來應急是個不錯的
選擇。（可在 HELLO 的下方寫上當時的城市名稱。）

（搭配前頁的明信片使用，保證退回原址）

最近覺得視力有點退化

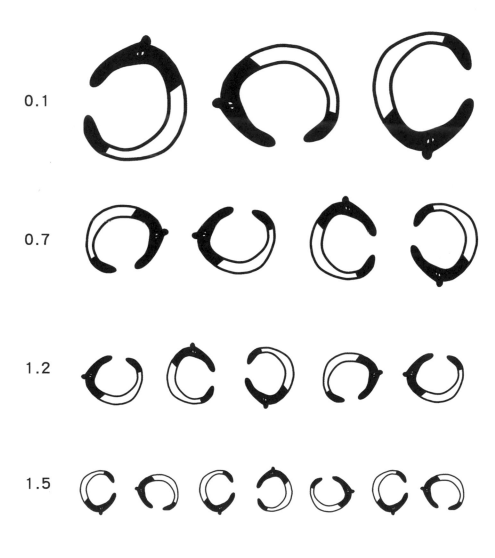

0.1

0.7

1.2

1.5

鬼遮眼

請自行測量視力

（結果僅供參考）

在旁邊那頁留下你的鞋印吧！

【無用為大用】無影腳拓印

踩它得好運

【無用為大用】無影腳拓印

好煩呀！

等等還要卸妝

【無用為大用】卸下煞人面具

卸妝前把左臉蓋在這面
↓

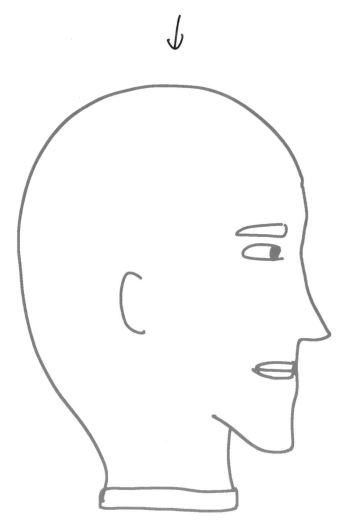

【無用為大用】卸下煞人面具

卸妝前把右臉蓋在這面

↓

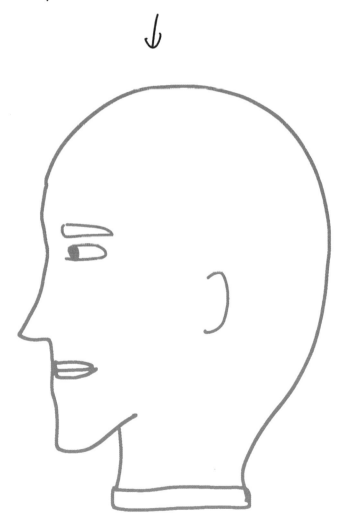

寫一句你最常
被稱讚的話

【人際好麻煩】按讚不如說讚

(然後把這頁拓下來·並上傳跟朋友炫耀)

請稱讚我

　【人際好麻煩】按讚不如說讚

寫一句你覺得
世間上最惡毒
的話。

簽名：＿＿＿＿

然後放到鄰居的信箱
（開玩笑的）

你，

長得好俗氣。

為什麼要這樣⋯

1. 在你認識的人當中，姓楊的人
請他簽名：

2. 在你認識的人當中，擁有自然捲髮質的人
請他簽名：

3. 在你認識的人當中，舌頭能捲曲自如的人
請他簽名：

4. 在你認識的人當中，能用左手畫畫的人
請他簽名：

5. 在你認識的人當中，看過馬來貘的人
請他簽名：

6. 在你認識的人當中，會隨意後空翻的人
請他簽名：

7. 在你認識的人當中，身高超過 180 公分的人
請他簽名：

8. 在你認識的人當中，有色盲的人
請他簽名：

9. 在你認識的人當中，長得像鐘乳石的人
請他簽名：

10. 在你認識的人當中，可以憋氣一小時的人
請他簽名：

如果湊滿了請立刻聯絡我
只能說你人脈很廣

在你認識的人當中，
請最喜歡的那個人在右邊簽名。

結婚書約

Marriage Certificate

與

(民國　年　月　日出生)

(民國　年　月　日出生)

合意結婚，依民法982條規定由雙方當事人向戶政事務所為結婚之登記

結婚人：　　　　　　　　結婚人：

身份證字號：　　　　　　身份證字號：

戶籍地址：　　　　　　　戶籍地址：

證證人：　　　　　　　　證證人：

中華民國　年　月　日

真的好討厭那隻

馬來貘!!!

做一隻來摸摸

紙娃娃吧！

【空虛小工藝】可恨可愛一念間

拍下存起来
可以當隱藏貼圖使用！

【空虛小工藝】虛擬實體的交會

→

剪下當面具 ✂

（理想圖）

【空虛小工藝】欲蓋彌彰鬼遮面

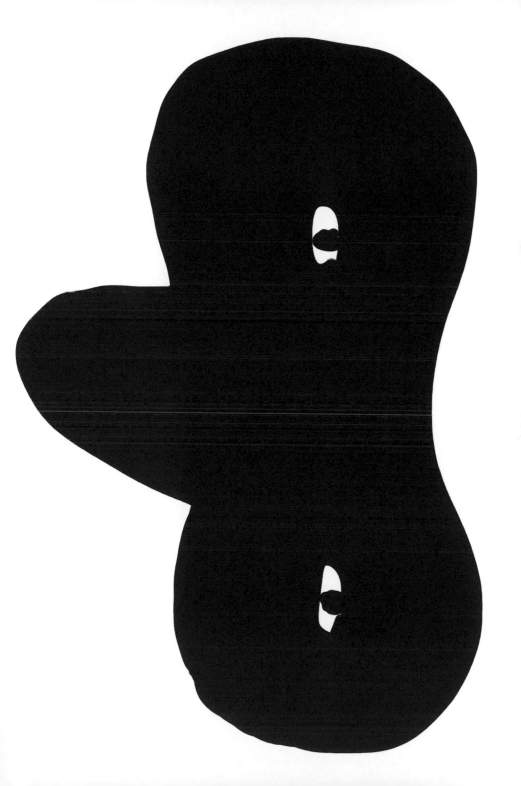

春分

春光明媚正好廢

夏至

夏日炎正好廢

秋分

秋高氣爽正好腐

冬至

寒風刺骨正好腐

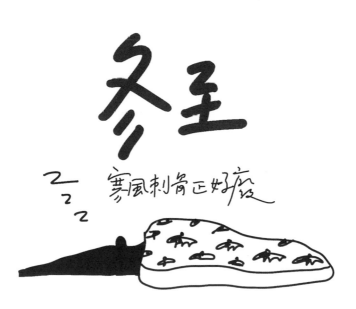

一年都不動也不是辦法
走e來活動體操好了!

[圖解]

三秒健康操

1. 拿出軟墊

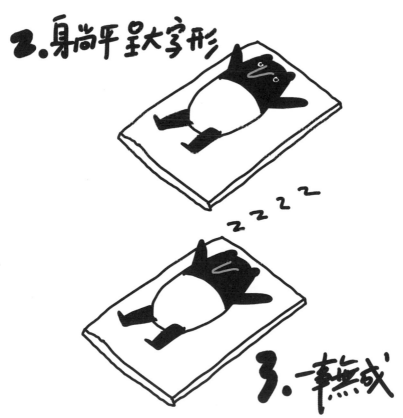

2. 身尚平呈大字形

zzzz

3. 一軍無成

滑滑滑～

啊啊啊啊!!!
竟然花了半天
在滑Facebook

啊啊啊啊!!

稿沒趕完
之前不准登入!!

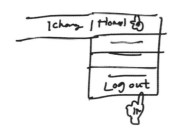

登出 Facebook!!

滑滑滑～

↑
手機

不如在這頁設
一個打卡點吧！

【作者一起廢】打卡歇歇腳

乾脆打個卡吧！

facebook
or
Instagram

過馬路

PART2

跟著未來
動手腦

請憑你的印象
畫出馬來貘的正面

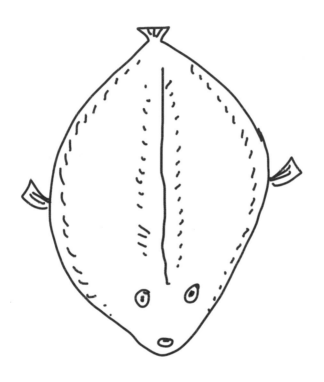

（個人憑印象畫的比目魚）

我正面…

還不錯吧…

你這樣子怎麼跟
彩色筆合作！？

【色彩】有幾分顏色就給你幾分

誰說的？

【色彩】有幾分顏色就給你幾分

那隨書附贈的灰階蠟筆是怎麼回事？

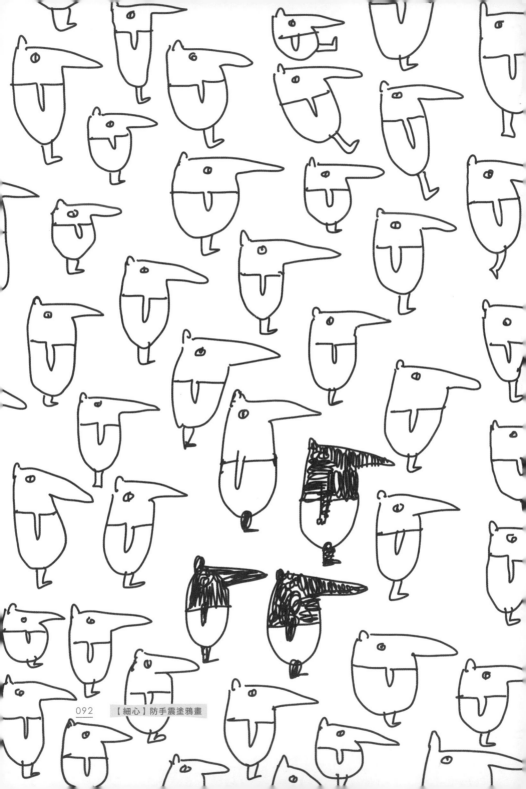

【細心】防手震塗鴉畫

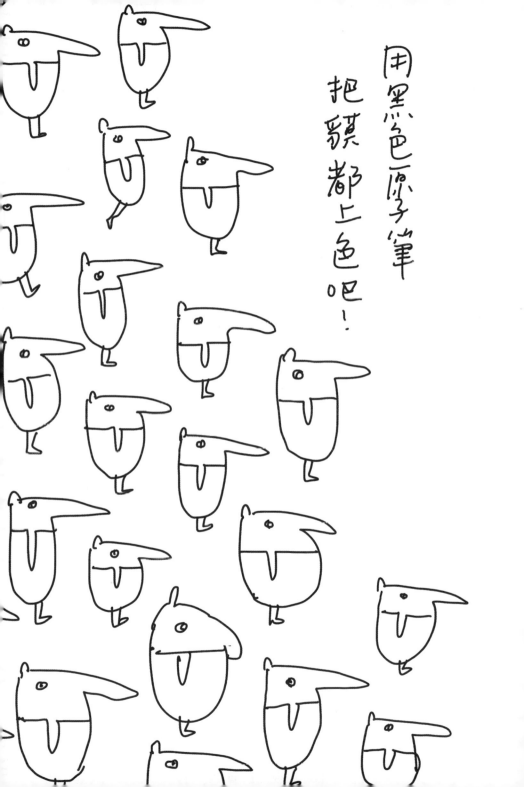

用黑色原子筆

把頭都上色吧！

來貘，你背上怎麼
長了一也鬼贅肉？

下半身思考

把所有可能的
下半身都接在
來貘的身上！

【判斷】凡事不需想太多

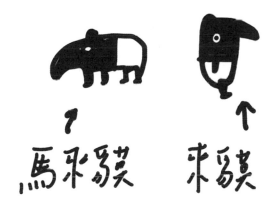

馬來貘　　來貘

（其實就是站著與趴著的差別）

（請在下頁中找出「來貘」在哪裡。）

你現在心情如何？

【心理】說不出口的內心話

→ 口 不干你的事

→ 口 很熱

→ 口 口渴

→ 口 我買這本書幹嘛

【想像】無臉男的苦惱

昨天你三餐吃了什麼？
請畫在右方 盒子裡

【記性】記憶力來自暴飲暴食

【記性】記憶力來自暴飲暴食

昨天吃到翻天覆地了

【毅力】蒲公英繪圖習作

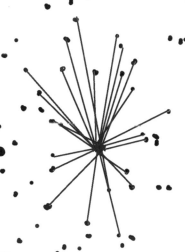

【毅力】蒲公英繪圖習作

隨便找一個點當作中心，
把它跟其他點都連上線，
連到擠不下再換下一個中心點繼續連。

　【耐心】畫歪改行音樂家

畫滿圓吧！在線上

矇眼寫出你的名字！

在此範圍內

chung

↑

模仿這個簽名

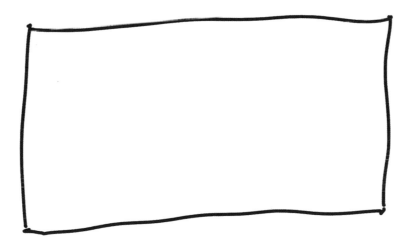

【模仿】犯罪第一步

不可以塗鴉

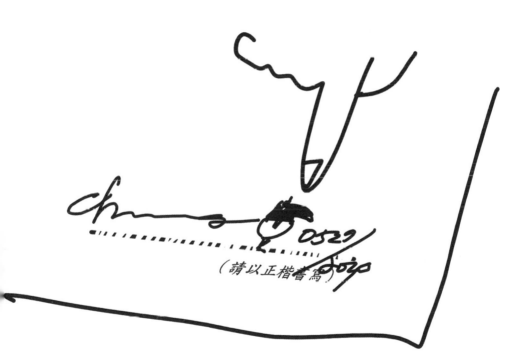

（請以正楷書寫）

完成這格 →

PLUS

貘換故事展

嫦貘奔月

愛麗絲夢遊仙境

小飛貘

貘蛋老人

PART3

跟著來貘
一起玩

追殺來貘

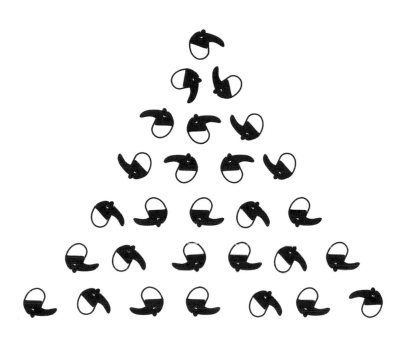

找一個朋友來玩
一次最多畫掉三個,最少一個
剩下最後一個要畫的那一方就輸惹
(愛惜資源請用鉛筆重複使用)

超沒意義數獨

規則就是一般的數獨
不知道的請自行google

1 =

2 =

3 =

4 =

5 =

6 =

7 =

8 =

9 =

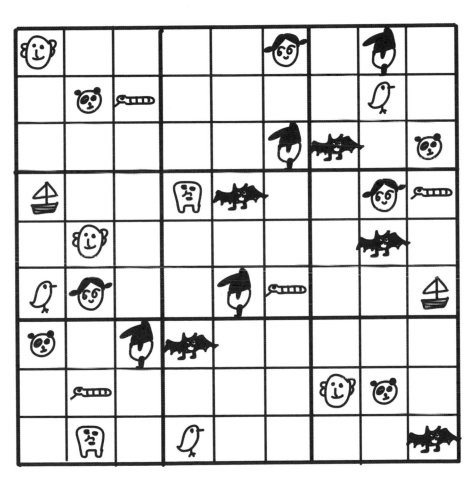

解答在下本書(開放矢的在195頁)

誰該出去買宵夜？

A　B　C　D　Ǝ

很多事可以靠命運決定

一人一次連線
框成正方形可得一分
最多分的人獲勝

例：

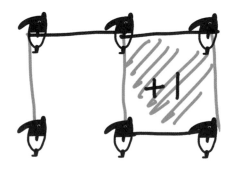

發現來貘

從圖找出 在哪裡

（p.157~163 請將書逆時針轉 90 度來玩。）

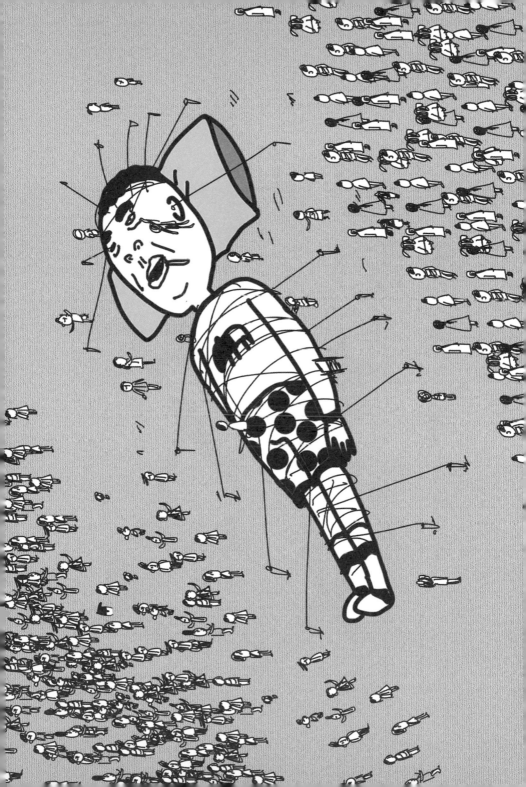

馬來貘不是

馬來魔　　馬來模

馬來饃　馬來磨

也不是馬來膜

「認識來膜」大測驗

四訓寫←

貘

你知道,馬來貘小時候
是斑紋狀態嗎?

□ 知道啦

□ 現在知道了

□ 知道又怎樣?

請分辨貘之種類（28分）

甲、馬來貘

乙、山貘

丙、巴西貘（中美貘）

丁、手機包膜

戊、南美貘

(　　)

(　　)

(　　)

(　　)

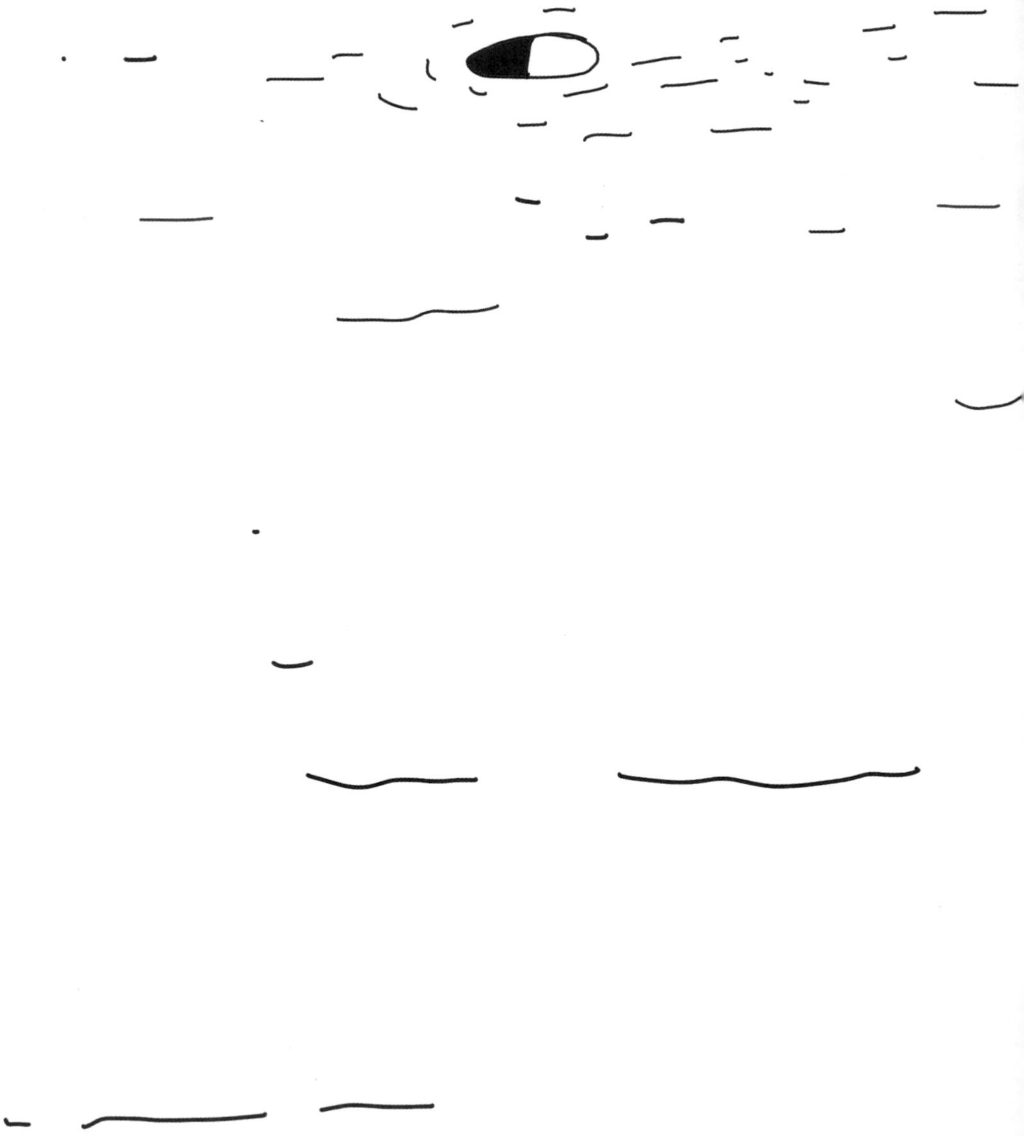

媽，那裡有個膠囊耶！

馬來貘是愛游泳的生物

想知道更多來媄的機密

請從本書卷末讀起

無責任
而且不是標準答案集

PART 1

跟著來騎一起廢

或許母親看到會很疑惑

P.014

【人際好麻煩】出賣朋友調查局

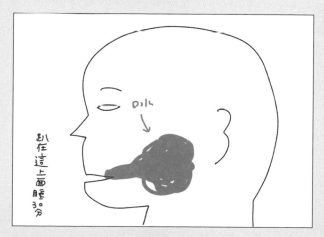

P.018

【人際好麻煩】出賣朋友調查局

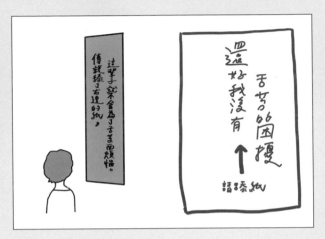

P.023

【生活廢偏方】人正舌苔厚

P.028

【生活廢偏方】拉屎紙斷貨

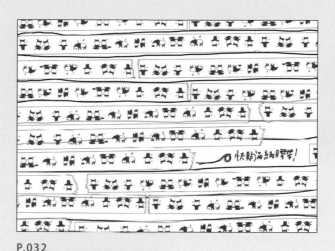

P.032

【生活廢偏方】東西愛亂買

P.034

【生活廢偏方】亂入明信片

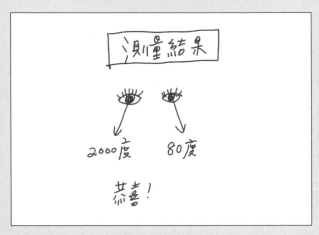

P.040

【無用為大用】視力鬼遮眼

P.043

【無用為大用】無影腳拓印

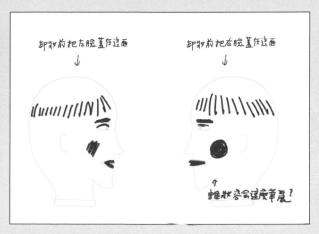

P.048

【無用為大用】卸下煞人面具

P.051

【人際好麻煩】按讚不如說讚

P.055

【人際好麻煩】被討厭的勇氣

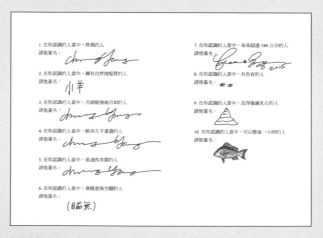

P.058

【人際好麻煩】出賣朋友調查局

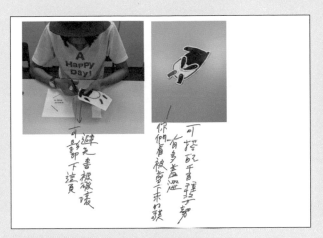

P.064

【腦殘小工藝】可恨可愛一念間

P.066

【腦殘小工藝】虛擬實體的交會

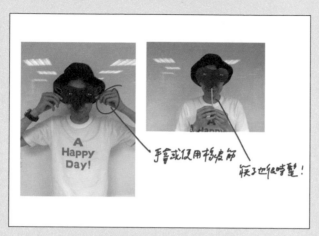

P.068

【腦殘小工藝】欲蓋彌彰鬼遮面

P.073

【開心農民曆】三秒健康操

P.077

【作者一起廢】打卡歇歇腳

PART2
跟著來獏動手腦

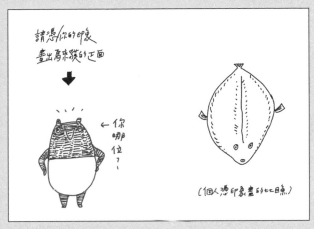

P.084

【空間】揭開比目魚的祕密

P.090

【色彩】有幾分顏色就給你幾分

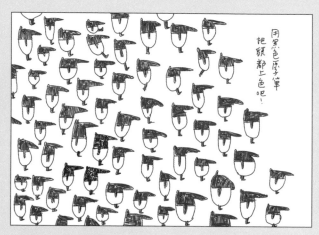

P.092

【細心】防手震塗鴉畫

P.096

【創意】下半身思考好快活

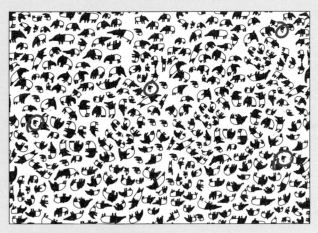

P.100

【判斷】凡事不需想太多

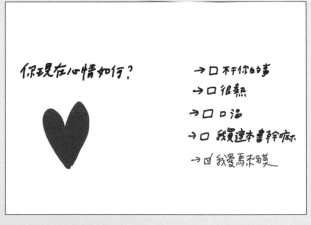

P.102

【心理】說不出口的內心話

P.104

【想像】無臉男的苦惱

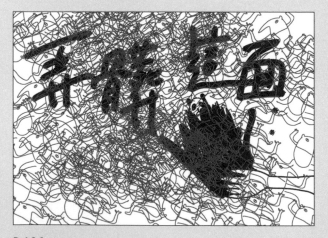

P.106

【膽量】勇敢也能很簡單

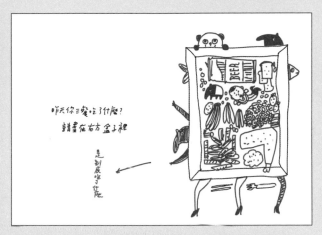

P.108

【記性】記憶力來自暴飲暴食

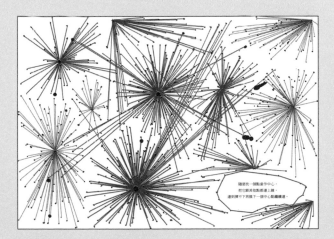

P.114

【毅力】蒲公英繪圖習作

P.116

【耐心】畫歪改行音樂家

P.118

【默寫】最瞎最強大

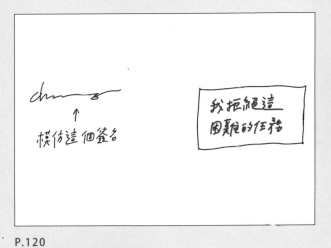

P.120

【模仿】犯罪第一步

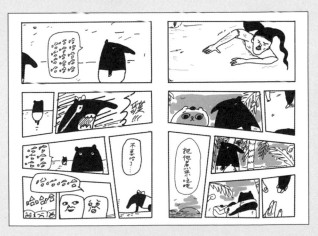

P.124

【創作】劇本自己寫

P.126

【創作】劇本自己寫

P.128

【創作】為故事畫上句點

PART3

跟著來獏一起玩

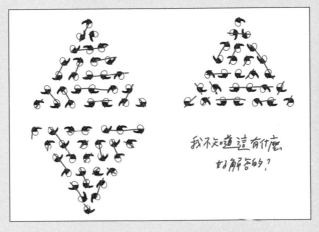

我不知道這有什麼
好解答的？

P.146
追殺來獏

P.149
超沒意義數獨

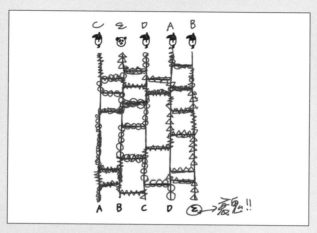

P.152

命運階梯

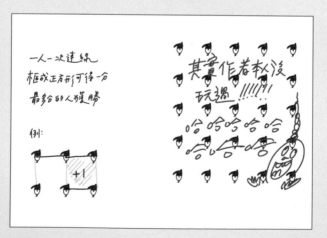

一人一次連線
框或正方形可得一分
最多分的人獲勝

例：

P.154

來貘方塊

P.158

發現來貘

P.159

發現來貘

P.160

發現來貘

P.161

發現來貘

P.162

發現來貘

P.163

發現來貘

P.167

「認識來貘」大測驗

P.168

「認識來貘」大測驗

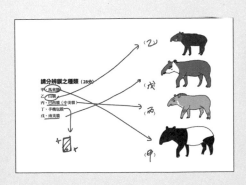

P.170

「認識來貘」大測驗

國家圖書館出版品預行編目資料

跟著來貘 One More, Two More：一事無成宣導手冊 / 馬來貘 cherng 作. -- 初版. -- 臺北市：圓神，2015.07
　　200面；14.8×20.8公分 --（Tomato；63）

　　ISBN 978-986-133-541-4（盒裝）

855　　　　　　　　　　　　　　　　　　　104008669

http://www.booklife.com.tw　　　　　reader@mail.eurasian.com.tw

Tomato 063

跟著來貘One More, Two More：一事無成宣導手冊

作　　者／Cherng（馬來貘）
企畫協力／林振宏
發 行 人／簡志忠
出 版 者／圓神出版社有限公司
地　　址／台北市南京東路四段50號6樓之1
電　　話／（02）2579-6600・2579-8800・2570-3939
傳　　真／（02）2579-0338・2577-3220・2570-3636
郵撥帳號／18598712　圓神出版社有限公司
總 編 輯／陳秋月
主　　編／吳靜怡
責任編輯／吳靜怡
專案企畫／賴真真
美術編輯／王琪
行銷企畫／吳幸芳・陳姵蒨
印務統籌／劉鳳剛・高榮祥
監　　印／高榮祥
校　　對／韓宛庭・吳靜怡
排　　版／莊寶鈴
經 銷 商／叩應股份有限公司
法律顧問／圓神出版事業機構法律顧問　蕭雄淋律師
印　　刷／國碩印前科技股份有限公司
2015年7月　初版

定價 460 元　　　　ISBN 978-986-133-541-4

版權所有・翻印必究

◎本書如有缺頁、破損、裝訂錯誤，請寄回本公司調換　　Printed in Taiwan

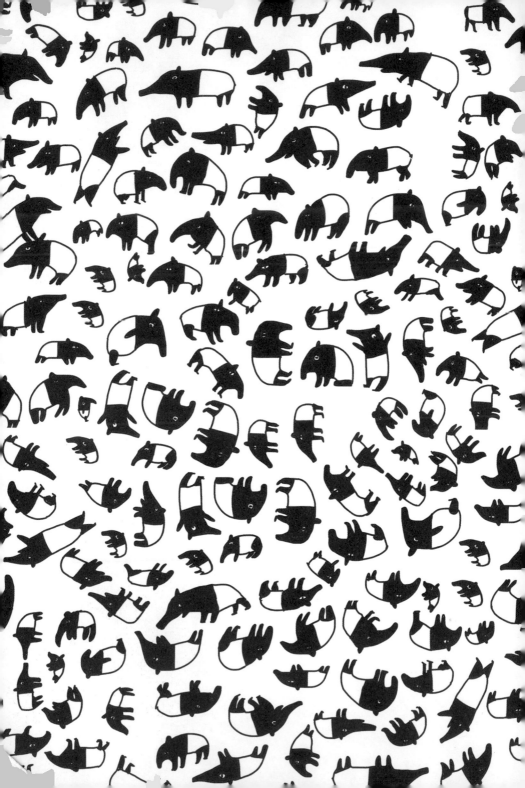